KB083115

귀·눈·입·코

시와소금 시인선 · 039

귀 · 눈 · 입 · 코

임문혁 시집

시와소금

시인의 말

틈
틈이다, 틈이 있다
우주도, 사물과 사물도, 시간과 공간도,
마음과 마음에도 틈이 있다

사이, 간격, 거리…
그 틈 메우려고, 그 간격 좁히려고
평생을 달리고 달려도 눈물이다

기다림 자극하면, 눈물도 파란 불꽃으로 일어설까
겨 모둥이를 지나면 하나가 될 수 있을까

그 오랜 틈
내 가난한 말씀으로
메울 수 있을까, 조금

| 차례 |

| 시인의 말 |

제1부 달리고 달려도

제2부 틈, 모퉁이

제3부 벽—문, 문—벽

제4부 꽃 피는 바다

작품해설 | 박해림

제 **1** 부

달리고 달려도

초상화 한 폭 치켜들고

출근길, 전철 객차 안이
그녀의 화실이다

부스스한 얼굴, 자리에 앉자마자
서둘러 화구를 펼친다
익숙한 손놀림, 꼼꼼한 붓질
눈썹 그리고 입술 바르고
토닥토닥 발그레 떠오른 두 볼
선명하게 피어나는 귀 · 눈 · 입 · 코

이번 역은 피카소, 피카소역입니다
내리실 문은 오른쪽입니다

완성된 초상화 한 폭 치켜들고, 화가는
환하게 화실 문을 나선다

소를 타고

피 흘리고 가죽 벗겨
잘리고 접히고
찔리고 못 박힌 채
죽었다가 다시 살아
날 찾아온, 한 쌍의 소

발바닥보다 더 낮은 바닥에서
맑은 곳 궂은 곳 온몸으로 핥으며
고린내 짓눌림 다 받아내면서도
긁히고 찢기고 닳으면서도
내가 먼저 버리기 전에는
결코, 날 떠나지 않는, 구두

밤새 문간 지키다가
다시 밝은 날, 날 태우고
뚜벅뚜벅 세상으로 나가는,
고마운 나의 소

달리고 달려도

초등학교 가을운동회
달리기

달렸다 이를 악물고
앞선 아이 따라잡으려고

그 아인 더 빨리 달렸다
잡히지 않으려고

죽을 힘 다해 달리고 달려도
간격, 좁혀지지 않았다

하늘은 푸르고
만국기 바람에 펄럭이는데

영희를 잡으려다

세상 모든 것은
서로 다른 것들에게
끌리게 된다는데

나는 묘하게도
영희에게 끌렸다

한 발짝 다가가면
두 걸음 물러나고
걸으면 뛰고
뛰면 달리고
늘 저만치에 있었다

보일 듯 숨고
숨은 듯 보여
목이 탔다

잡힐 듯 손 내밀면
팽그르 돌아서는

영희를 잡으려다
한 생애를
다
보냈다

치타와 영양

아프리카 초원
영양이 달린다 아주 빨리
죽어라 달린다 치타를 피해
치타가 달린다 아주 빨리
더 빨리 달린다 영양을 잡으려고

영양이 죽어라 빨라지면
치타도 죽어라 더 빨라진다
치타가 더 빨라지면
영양은 더더 빨라져야 한다

더빨리더빨리죽어라죽어라달리고달린다

겨우 배곯지 않을 정도로, 치타가
가까스로 멸종을 면할 정도로, 영양이
그렇게 달리고 또 달리며 살아가는
여기는, 아프리카 초원

하늘은 낮게 호수는 높이

호수는 하늘을 품고
하늘은 호수를 품어

하늘처럼 맑은 호수
호수처럼 깊은 하늘

　하늘 소리 들을 때
　호수는 전체가 귀
　호수 모습 바라볼 때
　하늘은 전체가 눈

　호수 만나려고
　하늘은 낮게낮게 내려오고
　하늘 맞으려고
　호수는 높이높이 발돋움 하고

사랑수선

신촌 로터리 행복상가 뒷골목
사랑수선집

(사랑 수선?)

좁아진 품, 질질 끌리는 욕망의 바짓가랭이
낡고 헐고 해진 사랑, 너덜거리는 가슴
고칠 수 있단 말인가

자르고, 잇고, 뜯고, 박고⋯⋯

오그라들고 비뚤어지고
때 묻고 솔기 터진 내 사랑도
새 옷처럼 살려낼 수 있을까

오늘도 하루 종일 거리를 헤맸다

목이 마르다

삶의 보따리 통째로 싸 들고
사랑수선 사랑 수선
들어가 볼까

하루 화랑

뜰이 화선지다
살구나무가 묵화를 그렸다
뻗어나가다 움찔 멈추고
굽었다가 다시 뻗은 선
굵었다 가늘었다 꿈틀거린 붓자국
묵매, 묵죽
제각기 제 모습을 열심히 그려 놓았다
찻잔이 식고 햇살이 설핏해져
그림들 조금씩 자세 고쳐 앉으며
해가 기울고, 그러다가
캄캄 먹물 속에 잠겼다

달빛 동무

두루마리 비단 주루루
풀려 내리듯

달
　　빛
　　　　흘
　　　　　　러
　　　　　　　　내
　　　　　　　　　　리
　　　　　　　　　　　　네

고향 동무들
달빛 미끄럼 타는
꿈같은
밤

귀

건강 검진―청력 검사
'삐―' 소리 나는 쪽 손을 드세요
아무 소리도 들리지 않는다
아주 작은 소리예요 잘 들어 보세요
끝내 손을 들지 못했다

그 동안 사자 호통, 호랑이 외침만 듣고 살다가
토끼의 말, 다람쥐 하소연, 귀 막고 살다가
이렇게 되었구나
바람 소리, 강물 소리
달의 말, 별의 노래
들을 수 없게 되었구나

그 동안,
귀또리가 울지 않은 것이 아니라
당신이 침묵한 것이 아니라
내가 귀를 닫은 것이었구나

눈

사냥꾼이 총을 겨누고 독수리를 노려본다

독수리는 독수리 같은 눈으로 뱀을 노려본다

뱀은 뱀눈을 뜨고 개구리를 노려본다

개구리는 툭 튀어나온 눈으로 무당벌레를 노려본다

눈에 보이지 않는 눈이

저를 노려보고 있는 줄도 모르고

입

누가 물었다 입이 몇 개냐고, 입이 몇 개긴 별 싱거운 사람, 그 랬는데 몇 날 밤 잠을 설쳤다.

그래 무엇이든 드시는 문은 다 입이지. 공기를 끌어들이면 코도 입이고, 소리를 받아들이면 귀도 입이다. 저 길과 나무 산과 강과 바다와 저녁놀 맛있게 받아 드시는 눈도 입이지. 네 손을 잡으면 내 손은 순간 입이 되 고, 동산 언덕에 오르면 온몸이 수 천 수만의 창문을 열고 바람 머금은 입이 된다. 잠 못 드는 밤, 하늘 바라보다가 머리가 입이 되고, 그렇게 한껏 열리면 온몸이 별들을 머금은 입들로 울먹이기도 한다.

그래, 그러고 보니 세상 모든 살아 있는 것은 모두 입이다.

코가 없다

시집 제목이 『귀·눈·입·코』인데
아무리 찾아보셔도 「코」란 시는 없을 겁니다
듣고 보고 먹고 싸고 새끼 낳고…
산다는 게 뭐 다 그런 거 아닐까 싶은데
냄새란 것이 본시 보이지도 않고 들리지도 않고
그야말로 그저 냄새만 풍기는 거 아니던가요
더군다나 요즘 같은 세상에
성형외과에 돈 바치고 오똑 세운 여자라면 몰라도
납작해진 코 보이기나 하던가요
하물며, 읽지도 않는 시집에
코가 있을 리가 있나요

혀가 혀를 떠나다

― 이문재 풍으로

혀가 혀를 떠났다

혀가 혀를 떠나자

진실이 따라 나갔다

진실이 나가자

혀에 바람이 들었다

혀가 움직일 때마다

허풍虛風이, 사풍邪風, 외풍外風, 광풍狂風이 불었다

미친바람이 불자

꽃이 시들어 떨어졌다

꽃이 지자

향기가 사라졌다, 나비도 날아가버렸다

나비가 떠나자

춤이 노래를 데리고 자취를 감추었다

아무도 모르게 시도 증발했다

시가 증발하자 혀에 가시가 돋았다

혀가 움직일 때마다 상처가 나고 피가 흘렀다

피를 흘리며 시름시름 죽어가고 있다

살맛이 사라졌다

몸

스륵! 손가락을 베었다 다른 손가락들이 번개같이 달려와 누르고 감싸고 어루만지고 혀는 상처 부위를 빨아내고 입술은 호호 불어주고 눈은 눈물이 그렁그렁하다

몸나라에서는 왼팔이 오른팔과 싸우는 일 같은 것은 없다 서로 따돌리거나 무시하는 법도 없다 발이 더러우면 손이 닦아 준다 벌이 날아와 쏘려고 하면 팔이 멀리 쫓아버린다 손끝에 작은 가시라도 박히면 온몸이 함께 아파하고 발바닥만 살짝 간지럽혀도 온몸이 함께 웃는다 무거운 몸을 업고 발은 낙타처럼 사막 을 건넌다 입은 먹는 걸 좋아하지만 자신만을 위해 먹는 법이 결코 없다 보는 건 눈인데 웃는 건 입이다 듣는 건 귄데 눈물은 눈이 흘린다

멀리 다른 데서 천국을 찾지 마라 몸이 바로 천국이다

만수무강

칠순잔치 얼음조각

조금씩 조금씩
식은땀 흘리며
녹고
있다
우리 모두
녹고
있
다
.
.
.

눈이 녹고 귀가 녹고
입이 녹고 코가 녹고
· · · · · ·

눈만 잘 뜨면

낙타가 바늘구멍으로 들어가는 것보다
들어가기가 더 어렵다는
천국

그 천국이 우리 동네엔 여기저기 널려 있다
 김밥천국, 알바천국, 원단천국, 문자천국, 영어천국,
노래천국, 열쇠천국,
 추억천국…

눈만 잘 뜨면
 지금, 여기, 우리 동네가 바로 천국

접혀 있는

눈 가다가 가슴 머무는 곳

책 읽다가 접어두는 한쪽 모서리

도서관에서 빌려온 책

가슴 흔드는 시 몇 편

이미 접혀 있네

누굴까

찌르르 울리는 사람

창 밖엔 비 오는데

혼자서 가슴 접고 있는데

젖은 새, 빗줄기에 몸 뒤집는 풀잎들

자꾸 접히는데

아주 오래된 사원

고향집 뒤란, 작은 단지 큰 항아리들이 옹기종기 모여 있는
장독대

고추장 단지, 새우젓 독, 된장항아리……납작한 단지, 길쭉한
독, 펑퍼짐한 항아리, 입술이 도톰한 단지, 코가 비뚤어진 독,
귀가 찌그러진 항아리, 이마가 반짝이는, 목덜미가 붉은, 허리가
굵은 독, 항아리들이 간장 고추장 된장을 가슴에 담고 가부좌를
튼 채 참선에 들었습니다

비가 오고 바람이 불고 서리가 오고 눈이 내려도 미동도 하지
않습니다 뻐꾸기 독경소리, 딱따구리 목탁소리, 매미들의 범패,
달님도 별님도 지켜봅니다 바람도 숨을 죽입니다

저 보살들 다 성불하시면 참 맛난 세상이 되겠지요

제 **2**부

틈, 모퉁이

별의 거리

한 은하계에는 천억의 별들이 있고
우주에는 그런 은하계가 또 천억도 넘는데

은하계에서 가장 가까운 별도
서로 수천수만 리씩 떨어져 있단다

별처럼 많은 사람들
이 별에 살고 있지만

서로의 거리도 천 리 만 리
별만큼 멀다

벗이 있어 멀리서

별 친구가 찾아왔다

웬 일인가, 이 밤중에?

그냥 ……

눈만 껌벅껌벅

아참, 그렇지

그 때, 불현듯 깨닫는다

그가, 아득한 몇 억 광년을 달려

날 찾아왔다는 걸

별에게 반짝이기

네가 떠나는 것은
떠나는 것이 아니라
내 그리움의 둘레를
더 넓히는 일이다

바다에 가면 바다만큼
산에 가면 산만큼
꽃잎에 가면 바람으로
별에 가면 눈빛으로

기다림은 별이 되고
너를 향해 반짝인다

(재수록)

틈 속의 여자

내 안에 한 여자가 숨어 있다
몇 달째 뵈지 않던 그 여자가
어느 틈에 내 속에 들어와 있다

가끔씩 출근길에 마주치던
여자
한쪽 다리를 절며
기우뚱 기우뚱 걸어오던
여자
내리 깐 눈, 길만 바라보며
그림자처럼 지나가던
여자
그 여자가 지금 내 속에 있다

어떻게 알아냈을까
내 속에 빈틈이 있었다는 것을

그 좁은 틈을 어떻게 비집고 들어왔을까

지금, 내 안에
한 여자가 요술처럼 앉아 있다

검은 틈

친구 세민이가 감쪽같이 사라졌다
블랙홀에 빠졌다는 소문

어쩌다가 거기 빠졌을까
한번 빠지면 그걸로 그만,
도무지 소식 알 수 없는
거기서 여길 보고 있을까

반대편에 화이트홀 있어
다른 우주로 옮겨 간 것일까
하얀 구름 누에고치 사이
나비 언뜻 펄럭인 듯

감쪽같이 사라진 사람들
거기 혹시 모여 있을까

상아도장

젖빛 매끄러운 몸매
야물기가 차돌 같던
상아도장
물 한 방울 바람 한 줄기
스며들 틈 전혀 없을 것 같았는데
매일 매일, 인주와 만나더니
어느 틈에 피가 돌고 숨이 통해
온 몸이 발그레
송이송이 능소화 피어났구나

상아도장처럼 뽀오얀 얼굴
야물기가 차돌 같던 여자
말 한 마디, 마음 한 줄기
스며들 틈 전혀 없을 것 같았는데
인주처럼 붉은 내 마음
스미고 또 스미었더라면
내 사랑도 능소화로
송이송이 피어났을까

모퉁이

가고 가다가
만나고 만나는 모퉁이

모퉁이에서 쏙쏙 고개를 내미는
과일장수 생선장수 손수레
강아지가 꼬리를 흔들며 나오고
할머니 지팡이
때론 세발자전거가 돌아 나오기도 하지

가고 가다가
만나고 만나는 모퉁이
다음 모퉁이에선 무엇이 나올까
내가 기다리는 당신은
어느 모퉁이에 숨어 계실까

온통 불빛뿐인

불빛은
모퉁이부터 환하게 밝히며 다가온다

저 모퉁이를 돌아가면
온통 불빛뿐인 그곳이 있을까

저 모퉁이를 돌아가면
거기서 그대를 만날 수 있을까

어둠은
모퉁이부터 막막하게 지우며 덮어온다

거기를 돌아서

할머니는 모퉁이를 돌아 가셨고
아버지도 할머니 따라 모퉁이를 도셨고
막내 동생 지혁이는 다섯 살 때
타박타박 모퉁이를 돌아서 갔다

모퉁이를 지나면
깜빡 불이 꺼지고
집도 나무도 보이지 않고
꽃도 줄기에서
툭,
떨어진다

교대

군복무 시절 야간 보초근무는 정말 죽기보다 싫었다
자다가 일어나 졸린 눈 비비며 초소로 나갈 때
눈보라까지 치면 더더욱 그랬다
두 시간의 보초가 끝나고 내무반으로 돌아와
잠자리에 누우면 거기가 천국 같았다

아버지는 할아버지보다 먼저 근무를 교대하고 들어가시고
아직 어린 내가 보초를 서는 동안
할아버지도 고향으로 돌아가셨다

오늘 저녁엔 경희의료원 영안실에서
근무를 교대하고 돌아가는 친구를 배웅했다
기타를 메고 나간 대학 2학년짜리 아들은
아직 돌아오지 않았다

없는 사람

전화를 받지 못하면
나는 없는 사람

전화를 받지 않으면
너도 없는 사람

"부재중 전화번호
　010-2345-6789"

없었던 내가 없었던 네게
없었던 네가 없었던 내게
다시 전화를 건다

너와 나는
있어도 없는 사람
없어도 있는 사람

두 개의 방

단칸방 하나에 셋방살이 할 땐
어쩌다 다투어도
한 방에 잤지
얄리얄리 얄라셩 얄라리 얄라
등 돌리고 코 헐어도
한 방에 잤지
얄리얄리 얄라셩 얄라리 얄라

방 두 개 이사하니
언성만 높아져도
각각 딴 방에 따로 자네
얄리얄리 얄라셩 얄라리 얄라
문 딸깍 걸어 잠그고
혼자서 자네
얄리얄리 얄라셩 얄라리 얄라

(재수록)

49

구멍을

처녀애들이, 구멍 뚫린 청바지를 입고 지나간다
작은 바람에도, 팬지꽃처럼 웃으며 흘러간다
무릎이나 허벅지쯤 뚫린 구멍에서
풀빛 바람 새어 나온다

살아있는 것들은 모두 구멍을 뚫는구나
구멍을 뚫고 샘물은 솟아 나오고
땅 구멍을 뚫고 개구리가 뛰어 오른다
새싹들 대지의 틈을 뚫고 고개 내밀고
숨구멍 비집고 어린잎들 조막손 펴고

나도 근질근질, 구멍을

면도날을 어떻게 버릴까

쓰레기를 치우던 아내 손에서
방울방울 핏방울이 떨어진다

면도날을 어떻게 버릴까

맑게 빛나는 칼날
거울 속의 눈, 서슬이 퍼렇다
손에도 들려 있는 칼날
안주머니가 섬뜩하게 잘려
찬바람 휘잉 지나간다
입에서도 면도날이 쏟아져 나와
얼어붙은 하늘을
번쩍이며 날아다닌다

면도날을 어떻게 버릴까

(수정 재수록)

너무 늦지 않게

다녀오겠습니다
또 어디 가? 안 가면 안 돼?
일 나가요
너무 늦지 않게 와!
예, 어머니!
나는 번번이 거짓말을 한다
다녀오겠습니다
너무 늦지 않게 와
오늘은 송 과장 모친 문상
자꾸 따라오는
여든아홉 어머니 목소리
너무 늦지 않게 와

그렇게 있기만 해도

꽃이 거기 그렇게 피어 있기만 해도

새가 거기 그렇게 울고만 있어도

산이 거기 그렇게 앉아 꼼짝달싹 안 해도

너 거기 그렇게 있어만 줘도

나 여기 이렇게 바라만 보아도

겨우, 그런

평생 벽돌 쌓고 미장하고
페인트칠하던 애들 애비
숨 몰아쉬며 남긴 마지막 말

애들아, 큰비 오기 전
옥상 올라가 잘 살피고
배수구멍 막히지 않게
꼭 뚫어 놓거라

하고많은 말 중에
그렇게도 할 말이 없어
겨우, 옥상 살피고
배수구멍 뚫어 놓으라는
그런 말을 유언이라고 했을까
속으로 속으로 울었다

세월 흐를수록, 살면 살수록

큰비 자주 오고, 배수구멍 자꾸 막히고
비 새고, 물 넘쳐 말이 아닌데
그 양반 평생공부 다 담긴 그 말
그게 진짜 유언이었구나
이제사, 겨우, 알아듣는데

제 3 부

벽―문, 문―벽

방, 어디에

길 양 끝에 문이 있다
이 문은 방으로, 저 문은 사무실로 통한다
이 끝을 열고 들어와 밥 먹고, 잠자고, 꿈을 꾸고
저 끝을 밀치고 들어가 밥을 버는데
어느 날 방 두 개를 한꺼번에 잃어버렸다
허리춤에 매달고 다니던 방
어디에 떨어졌을까
절그렁 절그렁 소리를 내며 끝에 와서
열려라 참깨, 방이 열리고
열려라 들깨, 사무실이 열리던 꾸러미
떨어진 흔적 가뭇없다
감쪽같이 방이 사라졌다

철퍼덕 길이 주저앉는다

벽―문, 문―벽

알맹이를 찾아내야겠다. 양파는 겹겹의 담을 두른 상자다. 하나의 상자를 열면 거기 다른 상자가 들어있다. 다른 상자를 열면 또 다른 상자가 나타난다. 상자를 열 때마다 눈물이요 콧물이다. 열고 열고 또 열고 또 열어서 마지막 상자까지 열어보면 상자가 사라진 거기 또 어떤 보이지 않는 상자가 있는 것일까, 알맹이가 보이지 않는다.

여기서 나가야 한다. 양파는 겹겹의 문을 가진 감옥이다. 탈출 시작! 장롱문 열고 나가면 방문, 방문을 열면 중문, 중문 열면 대문, 문 하나 열 때마다 눈물이요 콧물이다. 중문을 열고 대문까지 열고 나가면 문조차 사라진 거기 또 어떤 보이지 않는 문이 잠겨 있는 것일까, 밖이 보이지 않는다.

꼭지

한참을 더 매달려 있어야겠다
따가운 화살
맨몸으로 맞아야겠다
바람 속에 더 많이 흔들리고
긴 밤을 더 오래 견뎌야겠다

천둥 번개 치는 날은
뿌리 깊이 파고들고
밤 깊어지면
먼 별빛도 가슴깊이 묻어야겠다

저절로
툭 !
떨어질 때까지

낳고 싶어

소리가 난다
만났다는 말
서로 떨고 있다는 뜻

풀잎이 바람을 만나
떨고 있는 소리

시냇물이 돌을
만나는 소리

팽팽한 줄, 떨리는 손

바람이 구멍으로 스며들어
퐁퐁 솟아나는 소리들

구름이 구름을 힘껏 끌어안으면
천둥을 낳지

하늘 땅 온통 떨리고

나도 누군가를 만나
소리를 낳고 싶어
부르르 부르르 온몸으로 떨며

문 밖

겹겹 둘러싸인, 방 안

문고리 잡으면

온몸으로 퍼지는, 떨림

팽팽한 활시위

바람소리

코끝을 스치는, 비린내

가늠할 수 없는 어둠

눈빛만 번뜩이는

달이 웃고 별이 반짝이는

달은 왜 저리 환한가
별들은 왜 저리 반짝이는가

꽃은 왜 피는가
새들은 왜 노래하는가

바람 불고
눈 비 내리는가

그래, 맞아
누군가 날 사랑하고 있어
날마다 때마다
신호를 보내는 거야

그 여인의 젖꼭지

골목길 돌아오면, 담장 안 대추나무
바람이 슬쩍 저고리 섶 들출 때
그만 보고 말았네
그 붉고 통통한 여인의 젖꼭지를
침 꼴깍 넘어갔네

네 이놈!
네가 무얼 했다고
햇볕 한 줌, 바람 한 줄기
부어 준 일 없으면서
말 한 마디, 눈웃음 한 번
건넨 적도 없으면서, 무슨 염치로

요렇게 슬쩍 훔쳐보는 것만도
숨 막히는 황홀이지
언감생심 손까지 내밀 수야

유기농

웰빙이 대세다
자연산만 찾는다
유기농이 뜬다

농사꾼 대식씨 왈
유기농이 뭔지 아슈?

한 마디로
똥으로 키우는 거여, 또옹ㅡ!
아, 사람 똥만 똥인가 뭐
닭똥 소똥 돼지똥
구름똥 물똥 바람똥
오줌도 함께 섞어서
유기농인 거유, 알것슈ㅡ

똥

신춘문예 당선 인사차
미당 선생님을 뵈었다

"똥 누면서도 시만 생각허야 되어어―!"

그 뒤로 시만 생각하면
똥이 마려웠다

똥 눌 때면, 참 민망하게도
미당 선생님이 찾아오셨다

죄송합니다

손전화에 들어온 문자 한 통
"죄송합니다"
누굴까

다음날 또 들어왔다
무엇이 죄송하다는 걸까

또 한 해가 간다
돌아보니, 내게도 죄송한 것 헤아릴 수 없다
우선, 문자라도 보내야 할까보다
하늘에 땅에 책상, 거울, 그리고 길에게
토끼와 거북이에게도

"죄송합니다"

평생학습

구립문화원 평생교육, 예쁜 손글씨를 배운다
붓에다 물감을 찍어 선 긋는 연습부터 시작,
가로줄 세로줄 직선 긋기 참 어렵다
굵었다 가늘었다 솟았다 처졌다가
가을 지나 겨울 되니 더 어려운
동그라미 그리기
이리 찌그러지고 저리 찌그러지고
이음새가 어긋나고 마디가 진다
보름달처럼 눈동자처럼 동그랗게
그려지질 않는다

예쁜 글씨, 직선은 곧게 곡선은 굽게 동그라미는 동그랗게
서로 잘 어울리게
예쁜 삶, 곧을 때 곧게 굽을 때 굽게 동그랄 때 동그랗게
오늘도 평생학습, 겨울이 다 지나도록

세종도 웃다

세종이 세종로에서 만난 젊은이
티셔츠 등짝에
세계가 업혀 있다
아주 가볍게

ㅅEOUL
NEㅠYORK
TOㅋYO
PAㄹIS
ㄹONDON
MIㄹANO

ㅋㅋㅋㅐㅓㅐㅓ

죽 끓듯

경로 카드 받은 날,
어디를 가볼까
살짝 부풀었다가
카드 한번 바라보고
거울 한번 쳐다보고

미술관 입구, 꽃 같은 여직원
경로우대시죠? 그 말 한마디에
시들시들 두 팔 늘어지고

돌아오는 지하철
경로석에 앉아 있는 젊은이
일어서지 마라, 일어서지 마라
그렇지, 안 일어서고
풀잎 슬몃 다시 고개를 들고

기다리는 마을

회갑 지나 정년퇴직
큰 강을 건너왔다

강 저쪽 마을에선 거미였다
꽁무니에서 줄을 뽑아
길목에 그물 쳐놓고
먹이 기다리는 나날이었다

이 마을로 건너와선 누에가 되었다
입에서 실을 뽑아 고치를 짓는다
빈 몸 하나 타고 건널
배 한 척 지으며 산다

또 다른 강 건너 이사하면
어떤 마을이 기다리고 있을까

불리주면

퇴근해 들어설 때
여보~! 하고
아내가 부르면, 난
회사원에서 남편으로 변신하죠
순간이죠, 감쪽같죠

아빠~! 딸 목소리 들리면
이번엔, 짠! 아빠로 변신

임 시인~! 시인이 되고
친구야~! 친구가 되고
고객님~! 금방 고객으로 변신

나는야 마법사, 변신의 귀재
누가 뭐라고 불러만 주면
곧 그 무엇이 되죠

어떤 약속

퇴직하면서, 박 선생
자신과 했다는 세 가지 약속

선생이 되지 말자
돈 버는 일 하지 말자
감투 쓰지 말자

참 행복하단다
그렇게 좋을 수가 없단다

그 약속 하도 좋아
그날 술값 대신 내고
내가 사왔다

살라 말라꿈

살라 말라꿈
오늘 읽은 수필 제목,
배 뒤집어지는 바다
지뢰꽃 붉게 터지는 울타리
아비와 아들이, 시어미와 며느리가
형제와 자매가 돌아오지 못할
강을 건너는데

살라 말라꿈
40년 직장을 정년퇴임하고
서부 아프리카 세네갈에서
교육 봉사를 하는 이영운 선생의 글
살라 말라꿈! (평화가 함께하기를!)
말라꿈 살라! (당신에게도 평화를!)
두 손 활짝 펴들고 웃으며 나누는 인사말
저 뜨거운 아프리카 대륙에서도
평화의 꿈을 심어 키우는데

나도 평생을 교직에 몸담았었건만

지금 여기 주저앉아 살아? 말아? 나 중얼거리며

꿈도 잃었으니

세네갈이, 이영운 선생이 바오밥나무처럼 커 보였다

멀리 남서쪽 하늘, 나는 오늘 붕새를 보았다

제 **4** 부

꽃 피는 바다

은어

소백산 골짜기 오십천 맑은 물
문둥이 박 선생
"여게 투망하모 언어 마이 잽히겠다"

번쩍, (그물을 던진다)

은어 떼처럼 반짝이는 한 그물의 언어

한 그물 은어떼 목숨과 맞바꾸어
비로소
잠깐 반짝일, 나의 시詩

소포

소포가 왔다
선생님이 보내신 시집 한 권

"좋은 시는 함께 읽어요."
물새 발자국 종종종 낯익은 글씨

찰랑이는 물결 밀려와
고운 모래 한 움큼 내려놓는다

꾀꼬리 울고
가슴으로 내려앉는 송홧가루

꽃 피는 바다

고향집 앞마당에 어머니는
바다 한 자락을 끌어들이셨다
자식들 썰물처럼 빠져나간 빈터에
푸르게 출렁이는 것들

채송화, 분꽃, 봉숭아, 백일홍, 도라지, 구절초
들국화 무더기 한 켠엔 상추, 고추, 가지까지
빨래줄 늘어진 곳 나팔꽃 기어가고
담 밑엔 달맞이꽃, 해바라기

바람이 불 때마다 출렁이는 바다
푸른 이랑 사이사이 꽃 피는 바다

해 넘어가는 저녁이면 더욱 붉게 출렁이는 노을
어머니의 바다

개심사開心寺 가는 길

따라오는 서울을 싹둑 잘라먹고
서해안고속도로를 달려야 합니다

출렁이는 파도, 시퍼런 바다
저승으로 건너가는 외나무다리처럼
바다 위를 가로지른 서해대교를
건너야 합니다

행담도 들러 잠시 숨 돌리고
마애삼존불 백제 미소를 만나
익혀 가야 합니다
보원사 절터 오층석탑
시루떡 같은 마음도 한두 쪽
품고 가시면 더욱 좋겠지요

목장 울타리 따라 이어진 길
호수 지나 소나무 숲 고갤 넘으면

참선 삼매경에 든 상왕산象王山 기슭

개심사 당도하면
마음은 이미 열려 있을 겁니다

서울에서 부산까지

서울에서 부산까지
보름 넘게 걸렸다, 짚신 갈아 신으며
산 넘고 물 건너
들도 지나서
고개 너머 주막집 탑탑한 막걸리

서울에서 부산까지
하루해가 걸렸다, 무궁화호 기차를 타고
산과 들이 창밖으로 흘러갔다
강물도 그림처럼 흘렀다
삶은 계란에 시원한 사이다

서울에서 부산까지
두 시간 오십 분, KTX를 타면
기차가 화살이다
산도 들도 강물도 화살이 된다

군더더기가 없다

오늘
국토종단國土縱斷 대장정에 나서는
어린 학생들

외국인 묘지에서

잎들이 다 떨어지기 전
손이라도 흔들어 주어야 한다고
당신은 내 마음을 흔들고
우리는, 바람 부는 양화진
외국인묘지를 찾아간다

온 몸이 흔들리는 포플러나무
플라타나스도, 마지막
잎들을 쏟아 내리는데
언더우드, 아펜젤러, 헐버트
귀에 익은 묘비명을 읽으며
우리도 자꾸 흔들리고

나뭇잎만큼이나 많은 근심 걱정
아직도 남아 있는 미움, 원망
떨어지지 않는 집착

몸부림치며 나부끼는데

떨어져 묘지를 덮어주는 낙엽
낙엽처럼 발밑에 깔리는 어둠

호리병

내 말은
호리병에 담았으면 좋겠네

텅 비어 있어도 차 있는 듯
가득 차 있어도 비어 있는 듯
누가 툭툭 건드려도
깊은 종소리로 울렸으면 좋겠네

넘실거리는 말들 가득 품고 있으면서도
기울여 잔에 따르면
긴 목을 거쳐 작은 입으로, 퐁퐁
한두 마디 맑은 소리 울렸으면 좋겠네

뿌리에서 길어 올린 물, 꽃으로 필 때까지
알 듯 모를 듯 꽃처럼 웃으며
언뜻언뜻 향기 풍겼으면 좋겠네

가슴 깊이 얼려 두고

따스한 기운 몸 녹일 때만

얼음 녹는 소리로 졸졸 흘렀으면 좋겠네

석류나무 생각

창문을 여니, 거기 서 있었네
꽃등불 켜 들고

창문이 어찌 그리 그윽했는지
방안이 어찌 그리 아늑했는지

창문에 다가서는 설렘
방문을 열며 들어서는 충만
— 평안, 기쁨, 감사와 경탄

까맣게 잊고 지낸

계영배 戒盈杯

가슴속 나지막한 곳에
보이지 않는 구멍 하나 뚫어주세요

구멍 높이까지 마음 차오르면
그 이상은 다 새어나가도록
구멍 하나 뚫어주세요

한 그릇의 밥, 한 송이 여자, 한 권의 책
거기까지만 즐겨 품게요

* 계영배 : 과음을 경계하기 위해 만든 술잔. 속에 보이지 않는 구멍을 뚫어 그 높이 이상 술을 부으면
  다 새어나가게 고안되어 있음.

달항아리

한 사내
둥그런 달로 떠 있다

어떻게 감히 진흙 몸뚱이에
하늘 담을 꿈을 꾸었을까

얼마나 뜨거운 불이었으면
얼굴에서 새록새록 광채가 날까

얼마나 큰 외로움이었으면
온몸에 바람소리가 돌까

둥실
달로 떠올랐을까

종鐘

어느 날 종로에서 그를 만났다
가슴이 비어 있었다
바람이 마음대로 드나들었다

살과 피는 어디에 버렸는지
아픔은 어떻게 파내었는지
번뇌의 가지들은 또 어떻게
잘라내었는지
빈 가슴만 둥그렇게 남아 있었다

저 바닥부터 떨려
온 몸을 뒤흔드는 울림

그가 내 속을 아리게
파내고 있다

바람, 그대

나뭇가지를 만나면
나무의 노래를 부르게 하고
전선줄을 만나면
그 울음 멀리 전하네

빈 병이 껄껄 웃네
풀잎이 온몸으로 춤을 추네
날개 없는 것들이 날아오르네

나를, 울고 웃고 노래하고 춤추게 하는
바람, 그대

석유

육억 년의 길고 긴 기다림

눈물도 그토록 깊어지면

파란 불꽃으로 일어서는가

목련 그대

이제는
다 잊었다
생각했는데

불현듯 그대 생각
가지마다 피어올라

피어올라, 온 뜰에 가득합니다

최 진사 댁 대문 앞

나는
가슴 졸이고
서 있는데

호박넝쿨 저 녀석
태연히
담 타넘고 있네

살

자전거 바퀴
가느다란 살을 보면
마음이 뜨거워진다

숨어서
세상 떠받치고 사는
바퀴 살 같은 사람들

(수정 재수록)

그 작은 솥

1인용 밥솥을 사다

이런 솥도
임자 찾아
팔리는 세상

혼자서
밥을 먹다가

생각하는
홀로 밥 먹는
또 한 사람

(수정 재수록)

단풍을 보다가

설악산 한계령을 넘다가
입을 벌리고 단풍을 본다

바람은
어떤 기막힌 영혼을 품었기에
푸른 산허리를 만나
저렇게 흐드러지게 꿈이 풀리고
줄에 닿으면 소리가 되고
물에서는 은빛 춤이 되는가

나는 도대체
얼만큼 맑고 고운 영혼을 품어야
그대 가슴을 만나
단풍처럼 피어날까

언제쯤이나
언제쯤이나 나의 아픔은

그대 마음줄을 울리는 소리가 되고

은빛 춤이 될까

저렇게 기막힌 노을이

될 수 있을까

(수정 재수록)

변기

세상에서 가장 더러운 것이
변기라고 생각했다, 나는

그러나, 변기는

내가 다가가기만 하면
제 몸을 쏴아―! 씻어내린다

(수정 재수록)

거리 혹은 틈, 역설의 시학

박 해 림

(시인 · 문학박사)

　참 간결한 풍경을 가진 시편들이다. 가을철 가지치기를 끝낸 유실
수처럼 그 어떤 시적 장치나 수식어도 언어적 유희도 필요치 않은 직
접화법의 진솔함을 만난다. 그림이나 사진 전시회처럼 사방에 고요
히 펼쳐져 있어 한 편 한 편 고개를 끄덕이며 다음 장면을 절로 기다
리게 한다. 작정이나 한 듯 오래 갈고 닦은 청빈의 시들을 시인은 펼
쳐 보인다. 작금에 난무하는 필요이상의 비틀고 꼬고 말장난하는 시
들을 조롱이나 하듯 지리멸렬한 껍질을 과감히 벗어던진다. 세상의
중심이 어디에 있는지를 말하고 싶은 것이다. 오랜 숙고, 존재와 자아
확인의 다양한 변주를 통해 찾아낸 '틈'과 '거리', '간격'이라는 시어를
통해 현실의 은유적 상상력의 활달함을 보여준다. 맑고 투명하며 군

더더기 없는 시안(詩眼)을 가진 임문혁 시인의 개성적 정서를 맛보게 한다.

임문혁 시인은 1983년 한국일보 신춘문예에 시 「물 노래」가 당선되어 문단에 등단했고, 시집으로 『외딴 별에서』『이 땅에 집 한 채 짓기 위하여』 등의 시집을 상재했다. 1996년도에 두 번째 시집을 펴낸 후 세 번째 시집 『귀·눈·입·코』는 무려 20여 년 만이니 과작인 셈이다. 시인이 '귀·눈·입·코'라는 인체에서 가장 중요한 부분인 머리, 특히 얼굴에 주목하여 시집의 제목을 삼은 것은 그간의 삶의 궤적을 엿볼 수 있게 한다. 삶에 충실하다는 것은 다름 아닌 '듣고, 보고, 말하고, 맡는 것'일 터이다. 그간의 삶에서 응어리져 용해된 것들이 있다면 모두 이 과정을 거치지 않으면 안 되었을 것이다. 삶의 중심에 서서 대상에 대한 일정한 거리를 유지하면서 존재에 대한 성찰과 틈, 그리고 밀고 당기기에 남다른 관심을 보였음을 발견할 수 있다.

특히 자아성찰을 통해 얻어진 시적 긴장은 우주적이며 일상적인 데서 기인된다. 이는 시인이 추구하는 시적 세계에 합일된다. 일상에 충실하면서 스스로를 돌아보면서 세상 한 가운데를 직시하면서 오직 내가 관심 갖는 것이 무엇이며 어떤 가치를 지녔는지 돌아본다. 나만의 질서를 유지하며 누구의 눈치가 전혀 필요하지 않다는 것을 서슴없이 드러낸다. 슴슴한 물맛 같은, 조미료가 거의 가미되지 않은 담백한 나물 같은, 그러나 간절한 소망에 있어서는 대상에게 닿을 듯 말 듯 거리를 두고 밀고 당기기의 미학적 총화를 아낌없이 보여주고 있다. '말로 할 수 있는 건 명확하게 말해야 하고, 말 할 수 없는 것에는 침묵해야 한다, 우리의 삶은 꿈과도 같다 좀 나을 때 우리는 단지 우리가 꿈을 꾸고 있다는 것을 깨달을 수 있을 정도로 깨어 있'을 뿐이라고 정리한 비트겐슈타인의 삶에 대한 통찰이 다시금 떠오르는 건 이 때문일 것이다.

1. 대상의 거리와 존재 확인

현대인들의 일상에서의 존재 확인은 출근에서부터 비롯된다는 것을 시인은 아래의 시를 통해 단적으로 보여준다. 수많은 타자가 거리에서 전철 안에서 버스에서 출근길에 오르고 있다. 문명의 발전 속도에 부응하기 위해서는 허겁지겁 달려야 한다. 걷기보다 뛰어야 하며 어떤 경우엔 날아야 할 지경에 이른다. 여기서 '그녀'로 총칭되는 타자는 출근길 전철 객차 안에서 화장을 하고 있다. 아침 일찍 출근 시간에 떠밀려 화장을 하지 못한 채 전철을 탄 것이다. 하지만 맨얼굴로는 사회에서 존재 확인이 어렵다. 그래서 두 얼굴의 자아가 전철 안에서 '낯익은 얼굴'과 '낯선 얼굴'로 또는 '낯선 얼굴'에서 '낯익은 얼굴'로 탈바꿈되고 있는 것이다.

　　출근길, 전철 객차 안이
　　그녀의 화실이다

　　부스스한 얼굴, 자리에 앉자마자
　　서둘러 화구를 펼친다
　　익숙한 손놀림, 꼼꼼한 붓질
　　눈썹 그리고 입술 바르고

토닥토닥 발그레 떠오른 두 볼
선명하게 피어나는 귀 · 눈 · 입 · 코

이번 역은 피카소, 피카소역입니다
내리실 문은 오른쪽입니다

완성된 초상화 한 폭 치켜들고, 화가는
환하게 화실 문을 나선다
　　　　　　　　　　　—「초상화 한 폭 치켜들고」 전문

　사회의 일원이 된다는 것은 나를 재확인하는 것이며 그것은 화장으로 탈바꿈된다. 어느 것이 더 '나'에 가까운 나인지 얼른 구분하기 어렵다. 단지 '익숙한 손놀림, 꼼꼼한 붓질/눈썹 그리고 입술 바르고/토닥토닥 발그레 떠오른 두 볼/선명하게 피어나는 귀 · 눈 · 입 · 코'는 그녀의 붓질에 의해 비로소 일상적 존재가 가시화될 뿐이다. 세상 가운데서 세상을 마주할 수 있는 '듣고, 보고, 먹으며, 냄새를 맡는 것'의 기능적 요소가 한꺼번에 일상 속에서 재현된 것이다. 타고 내리고 계단을 오르고 건물로 들어가서는 정해진 자리에 앉아야만 일상 속 '완성된 초상화'가 된다. 이를 위해 화자는 '그녀'스스로 색칠하는 '화가'이면서 '모델'로 만들었다. 일인이역의 역할에서 '낯익은 얼굴'과 '낯선 얼굴'의'두 가지 주체'로서의 모습을 보이게 한 것이다. 대상과 대상의 거리를 조절하며 일상 속의 존재를 발견하게 한다.

　초등학교 가을운동회

달리기

달렸다 이를 악물고
앞선 아이 따라잡으려고

그 아인 더 빨리 달렸다
잡히지 않으려고

죽을 힘 다해 달리고 달려도
간격, 좁혀지지 않았다

하늘은 푸르고
만국기 바람에 펄럭이는데
　　　　　　　　　　 ―「달리고 달려도」 전문

　'달리기'는 '달리고 달리는' 행위이다. '나'와 '타자'의 일정한 간격이
유지되는 반복적 행위이다. 앞서거니 뒤서거니, 서로의 위치가 뒤바
뀔 수도 있고 끝까지 자신의 위치를 유지할 수도 있다. '나'와 '타자'는
서로의 존재 확인이 오직 각각의 타자로 설정된 '나' 이외의 존재를 넘
어서야만 가능하다. 그래야만 비로소 완전한 '나'의 자아가 확립되기
때문이다. 달리기에서 자아 확립을 이룬다는 것은 '타자'와의 일정한
간격을 유지하며 이겨야만 한다. 화자는 달리기를 통해 '나'와 '타자'의
경계가 가시적으로 판단된다는 것이 얼마나 확실한 존재 확인인가를
보여주고 싶은 것이다. 동시에 보이지 않는 경계까지 연결되어 있다

는 것도 상기시킨다. '타자'와 '나'의 극복은 '자아확립'을 이루는 것이다. '타자'와의 간격을 적절히 유지하면서 자아확립을 이룬다는 것은 내가 나일 수 있는 존재감과 자존감을 동시에 확인하는 가장 간단한 방법이 된다. 하지만 '이를 악물고' 앞의 아이들 따라잡기 위해 안간힘을 쓰고 죽을힘을 다해 달리고 달렸지만 결국 '간격'은 좁혀지지 않는다.

> 아프리카 초원
> 영양이 달린다 아주 빨리
> 죽어라 달린다 치타를 피해
> 치타가 달린다 아주 빨리
> 더 빨리 달린다 영양을 잡으려고
>
> 영양이 죽어라 빨라지면
> 치타도 죽어라 더 빨라진다
> 치타가 더 빨라지면
> 영양은 더더 빨라져야 한다
>
> 더빨리더빨리죽어라죽어라달리고달린다
>
> 겨우 배곯지 않을 정도로, 치타가
> 가까스로 멸종을 면할 정도로, 영양이
> 그렇게 달리고 또 달리며 살아가는
> 여기는, 아프리카 초원
> ─「치타와 영양」 전문

화자는 초등학교 가을 운동회에서 보여준 순수한 아이들의 천진한 놀이는 절대 순수한 놀이가 아니며, 머지않아 닥칠 성인의 삶을 축약하여 보여준 것임을 위의 비슷한 시를 통해 냉소적으로 보여주고 있다. '치타'와 '영양'으로 설정된 '나'와 '타자'의 생존경쟁의 관계성을 적나라하게 펼쳐 보이는 이 시는 역시 죽을힘을 다해 달리고 달려야만 잡아먹히지 않는다. 동시에 잡아먹을 수 있다. 추격자 치타는 '겨우 배곯지 않을 정도로' 영양을 잡고, '겨우 멸종을 면할 정도로' 영양은 살아남는다. 아프리카 초원에서의 야생동물의 쫓고 쫓기는 추격전은 원시적이면서 동시에 문명적 삶을 살아야만 하는 이 시대의 군상을 가감 없이 보여준다. 생존경쟁의 선상에서 치타와 영양의 관계는 수많은 '나'와 수많은 '타자'로 설정된다. 아프리카 초원뿐 아니라 오직 '달리기'를 잘해야만 살아남는다는 논리에 선 생명들이 어찌 그들뿐이랴. 추격자와 도망자의 신세는 오늘날, 현대인의 가장 적나라한 모습이다. 그런가 하면 아래의 시는 '나'와 '타자'의 또 다른 방향의 관계성을 보여준다.

세상의 모든 것은
서로 다른 것들에게
끌리게 된다는데

나는 묘하게도
영희에게 끌렸다

한 발짝 다가가면

두 걸음 물러나고
걸으면 뛰고
뛰면 달리고
늘 저만치에 있었다

보일 듯 숨고
숨은 듯 보여
목이 탔다

잡힐 듯 손 내밀면
팽그르 돌아서는

영희를 잡으려다
한 생애를
다
보냈다

　　　　　　　　　－「영희를 잡으려다」전문

　'나'는 이성인 '영희'라는 타자에 꽂혀 있다. 먹느냐 먹히느냐하는
생존경쟁의 대상이 아니다. '나'의 삶의 테두리 안에 함께 들어와야 하
는 또 다른 '나'를 발견하고 추격전을 벌이고 있는 것이다. 내게 끌리
는 대상을 얻기 위해 쟁취하기 위해 쫓고 쫓기는 관계를 설정한다는
것은 '한 발짝 다가가면/ 두 걸음 물러나고/걸으면 뛰고/뛰면 달리고/
늘 저만치에 있'는 영희를 바라보며 안타까워하고 애간장을 녹이고
있다. 잡았다 싶으면 벌써 저만치 달아나버린 영희의 존재는 '보일 듯

숨고/숨은 듯 보여/목이'탄다. 잡아야만 하고 잡히지 않으려고 하는 생존경쟁의 관계가 부정적이라면 이성 간의 잡아야만 하고 잡혀야만 하는 관계는 긍정적 관계의 설정이다. 나의 존재의 완성을 위해서는 반드시 '그대'가 필요한 때문이다. 일상의 삶을 잘 살아내기 위해서는 혼자서는 안 된다. 따라서 이성은 필수요건이 된다. 하지만 시적 화자는 결국 부정적 상황을 벗어나지 못한다. '영희를 잡으려던' 한 생애를 다 보내버리고 말았으니 말이다.

  물론 여기서 '영희'는 이성만이 아니라 내가 욕망하는 그 어떤 것의 상징이기도 하지만 말이다.

  꽃이 거기 그렇게 피어 있기만 해도

  새가 거기 그렇게 울고만 있어도

  산이 거기 그렇게 앉아 꼼짝달싹 안 해도

  너 거기 그렇게 있어만 줘도

  나 여기 이렇게 바라만 보아도
                    ―「그렇게 있기만 해도」 전문

  하지만 위의 시에서는 더 이상 달리기를 할 필요가 없음을 보여준다. 한 존재가 그렇게 그 자리에 존재하기만 해도 된다. '꽃', '새', '산',

그리고 '너'는 있는 자리를 지키고 있기만 해도 행복하다. '나'는 이 자리에 그저 바라만 보는 것으로 관계는 완성된다. '너'와 '나'는 상호의존적 관계이며 상호보완적 관계가 되는 것이다. '너'가 있어야만 '나'의 존재가 확인되는 것이다. 더 이상 달릴 필요가 없다. 존재의 각별함은 단지 그 자리에 있기만 해도 성립된다는 것을 시적 화자의 '그렇게 있기만 해도'라는 간절함으로 이전의 절망적인 추격전이 마무리 된다. 존재의 진정한 확인은 단지 그 자리에 있는 것이기 때문이다. 구속을 벗어날 필요도 없고 불확실함을 의심할 필요도 없다. '나'의 존재를 확인하게 하는 가장 또렷한 통점이자 역동적인 일상의 또 다른 풍경이 된다.

2. 틈과 거리, 밀고 당기기의 역학

임문혁 시인의 시편들에서는 화자가 대상을 적절한 거리에 놓고 예리하게 살핀다. 위아래, 양 옆, 내밀한 속내까지 빤히 들여다보고 있는 해학적 몸짓을 발견한다. 틈과 틈 사이를 오가며 분주하게 거리를 잰다. 대상과 나의 거리를 적절하게 유지해야 하는 당위에 서 있는 것이다. 태연한 일상의 반복적 행위 속에서 만나는 대상은 사실 그다지 특별하지 않다. 매우 추상적이거나 익숙한 자연의 일부이기도 하며 어떤 행위의 한 부분이기도 하다. 그러나 시적 대상의 속살을 만지는 듯 감각적 의구심을 통해 그 무엇인가를 간절히 말하고 싶은 것이 있다. 자문자답을 통해 무엇인가를 끊임없이 요구한다. '너'와 '나'의 밀고 당기기의 역학적 관계를 전면에 배치하며 존재의 가치를 확인하고 싶은 것이다. 이러한 시도와 추구의 과정은 시인에게 각별한 그 무엇이 된다. 눈앞의 존재와 사라진 존재에도 특별한 의미를 갖는다는 것을 보여준다. 화자를 통해 강한 생명의 의지를 표현하고자 하는 살아있는 몸짓인 것이다. 그것은 대상과 나의 거리를 적절히 유지하거나 좁힐 때 가능하다. 폴 리쾨르의 말처럼 사변을 통해 끊임없이 벌어져가는 현상학적 시간과 우주론적 시간의 틈새에 던져진 다리와도 같을 것이다.

> 한 은하계에는 천억의 별들이 있고
> 우주에는 그런 은하계가 또 천억도 넘는데
>
> 은하계에서 가장 가까운 별도
> 서로 수천수만 리씩 떨어져 있단다
>
> 별처럼 많은 사람들
> 이 별에 살고 있지만
>
> 서로의 거리도 천 리 만 리
> 별만큼 멀다
>
> —「별의 거리」 전문

우주의 별은 사람에게 있어 틈이 될 수 없다. 거리로 표현된다. 그것은 어마어마한 거리이다. 수학적 계산이 엄청나게 요구되는 그러한 거리이다. 육안으로 볼 수 있다는 것만으로 정서적 감응이 있다는 것만으로 거리를 대략 측정한다. 여기서 화자는 별의 거리를 잰다. 무언가를 확인하고 싶은 것이다. 내 앞의 존재는 사실 손을 뻗으면 닿을 거리에 있지만 실제로는 우주의 별만큼이나 거리를 가졌음을 확인하고 있는 중이다. 지구에 사는 수많은 사람들이 서로 가깝게 모여 살고 있지만 '천 리 만 리'의 거리를 가졌다. 사실 우주의 별들은 가까운 이웃처럼 반짝이고 있는 것 같지만 실은 얼마나 먼 거리에 떨어져 존재하는가. 몇 억 광년을 달려 내게 찾아온「벗이 있어 멀리서」역시 그러하다. '별 친구'라는 호칭을 달아 아주 가까운 친구라는 정서적 감응을 보여준다.「별에게 반짝이기」역시 '네가 떠나는 것은/떠나는 것이 아니라/내 그리움의 둘레를/더 넓히는 일이다(하략)/기다림은 별이 되고/너를 향해 반짝'이는 것을 고백하며 '나'와 '별'의 거리는 사실 아무 것도 아닌 것임을 말하고 있다. '너'와 '나'의 거리는 상호 어떠한 상태에 놓여있는가에 따라 만들어지기 때문이다.

친구 세민이가 감쪽같이 사라졌다
블랙홀에 빠졌다는 소문

어쩌다가 거기 빠졌을까
한번 빠지면 그걸로 그만,
도무지 소식 알 수 없는
거기서 여길 보고 있을까

반대편에 화이트홀 있어
다른 우주로 옮겨간 것일까

하얀 구름 누에고치 사이
나비 언뜻 펄럭인 듯

감쪽같이 사라진 사람들
거기 혹시 모여 있을까
　　　　　　　　　　―「검은 틈」 전문

　이 시는 아마도 친구의 부음을 들으면서 존재에 대한 의구심을 깊이 숙고한 것으로 생각된다. 죽음은 내 시야에서 상대가 사라지는 것이다. 한 번 사라지면 다시 나타날 수 없는 것이다. 그것이 죽음이다. 그러기에 화자는 '친구 세민이가 감쪽같이 사라'진 것이 어쩌면 어떤 거대한 틈에 빠진 것은 아닐까 두리번거린다. '한 번 빠지면 그걸로 그만,'인 존재의 부정적 인식은 누구나 한 번 씩 겪게 되는 일이지만 화자의 궁금증은 그것을 훌쩍 넘어선다. 알고 있지만 지금 아는 것이 전부가 아닐지 모른다. '거기서 여길 보고 있을까//반대편에 화이트 홀 있어/다른 우주로 옮겨간 것일까'생의 이편과 저편에 놓인 거대한 틈을 꺼내들며 죽음을 부정하고 싶은 것이다. '감쪽같이 사라진 사람들/거기 혹시 모여 있을까'죽음이란 아예 존재 자체가 없어진 것이 아니라 눈앞에서 감쪽같이 사라졌을 뿐 어딘가에 있을 거라는 희망적 메시지를 스스로에게 던진다. 그것은 아마 블랙홀이라 불리는 거대한 '틈'이라고 말하고 싶기 때문이다.

내 안에 한 여자가 숨어 있다.
몇 달째 뵈지 않던 그 여자가

어느 틈에 내 속에 들어와 있다.

가끔씩 길에서 마주치던
여자
한쪽 다리를 절며
기우뚱 기우뚱 걸어오던
여자
내리 깐 눈, 길만 바라보며
그림자처럼 지나가던
여자
그 여자가 지금 내 속에 있다

어떻게 알아냈을까
내 속에 빈틈이 있었다는 것을
그 좁은 틈을 어떻게 비집고 들어왔을까

지금, 내 안에
한 여자가 요술처럼 앉아 있다.
　　　　　　　　　　　　　－「틈 속의 여자」 전문

　틈은 밖에만 있는 것이 아니다. 세상과 '나' 사이에도 존재한다. 밖의 틈에 빠지지 않기 위해 안간힘을 쓰고 단단히 무장을 했는데 '나'의 빈틈, 나밖에 모르는 빈틈을 '그 여자'가 비집고 들어온 것이다. 시적 화자의 눈에 들어온 대상은 늘 내 밖의 세계에 존재했다. '한쪽 다리를 절며/기우뚱 기우뚱 걸어오던 그 여자', 하지만 예사롭지 않은 그녀의 외모는 시적 화자의 연민을 불러일으켰을 것이다. 단단히 밀봉된 내 안에 스며든 연민을 따라 들어온 그녀. 그러나 반복된 마주침에서 '내리깐 눈, 길만 바라보며/그림자처럼 지나가던 여자'가 왜 사라졌는지 모르는 척 능청을 떨고 있다. 아마도 '틈'이라는 중의적 단어는 시적 화자의 내면에 늘 깔려 있었던 것이리라. '틈 속의 여자'는 더 이상 이성적 세상에서 존재하는 그녀가 아니다. 안쓰러운 마음, 표면적으로는 시침을 뚝 떼고 있지만 쉽게 열리지 않은 내 안의 문을 열어젖힌 요술 같은 힘을 갖고 있다. 사회적 약자인 그녀는 나의 여린 마음 한 구석에서 온기를 불러내었고 시적 화자는 '내 속에 빈틈이 있었다'는 것을 비로소 확인하게 된다.

가고 가다가
만나고 만나는 모퉁이

모퉁이에서 쏙쏙 고개를 내미는
과일장수 생선장수 손수레
강아지가 꼬리를 흔들며 나오고
할머니 지팡이
때론 세발자전거가 돌아 나오기도 하지

가고 가다가
만나고 만나는 모퉁이
다음 모퉁이에선 무엇이 나올까
내가 기다리는 당신은

어느 모퉁이에 숨어 계실까
　　　　　　　　　　　─「모퉁이」 전문

　모퉁이는 '틈'의 또 다른 이름이다. 세상에 수없이 존재하는 틈이나 모퉁이는 그것을 의식하는 이의 눈에만 들어오는 성질을 가지고 있다. 이질적일 수 있고 동질적일 수 있는 틈과 모서리의 실체는 실상 밖에 있기보다 내 안에 더 많이 존재한다. 세상에 존재하는 삶의 한 방식을 굳이 모퉁이로 인식하는 내적 현실은 결국 '가고 가다가/만나고 만나는 모퉁이'의 존재를 일정한 거리를 두어야 하는 대상으로 인식하게 된다. 모퉁이를 지나면 과일장수, 생선장수를 만나고 심지어 강아지도 만난다. 뿐만 아니라 할머니와 세발자전거까지 만난다. 익숙한 일상의 한 모습이다. 수없는 모퉁이를 돌면 '내가 기다리는 당신'이 나올 것인지에 촉각을 곤두세우고 있다. 누군가를 기다린다는 것은 즐거운 일이다. 그것은 「온통 불빛뿐인」의 작품에서 보여주고 있는 '불빛은/모퉁이부터 환하게 밝히며 다가'오지만 모퉁이를 돌면 온통 불빛뿐인 희망의 '그곳'이 있는지에 대해서는 의문을 갖는다. '그대'를 만나기 위한 특별한 공간으로서의 기능을 한다는 것을 알 수 있다. 하지만 다시 할머니도, 아버지도 막내동생도 모퉁이를 돌아서 이 세상을 떠난 것을 담담하게 펼쳐낸 「거기를 돌아서」를 통해 부정적 현실을 보여준다.

3. 자아성찰과 긴장의 미덕

우리의 삶에 내재된 욕망은 끊임없는 진보를 지향하고 있으며 그것은 그 방향의 옳고 그름의 여하에 따라 움직이는 것이 아니라, 전적으로 내재된 욕망의 분출의 정도에 맡긴다. 거침없는 욕망의 분출과 그 분출의 실현을 동시에 이루고자 한다. 장애를 뛰어넘고 달려가거나 틈을 찾아내는 것도 그 일환 중의 하나일 것이다. 그러나 앞만 보고 달려온 삶에서 발견되는 몇몇 현상은 대체로 병리적인 모습을 보인다. 시인이 표현하고자 하는 시각적 이미지들의 감각적 특성이 순전히 개별적 감수성에 기인한다할지라도 현실에 기반한 일상은 이를 완화시키지 못한다. 병든 몸과 마음은 현실이다. 스스로를 살피고 돌아보는 시간을 갖는다는 것은 성찰의 전단계일 것이다.

건강 검진─청력 검사
'삐─'소리 나는 쪽 손을 드세요
아무 소리도 들리지 않는다
아주 작은 소리예요 잘 들어 보세요
끝내 손을 들지 못했다

그 동안 사자 호통, 호랑이 외침만 듣고 살다가
토끼의 말, 다람쥐 하소연, 귀 막고 살다가
이렇게 되었구나
바람 소리, 강물 소리
달의 말, 별의 노래
들을 수 없게 되었구나

그 동안,
귀또리가 울지 않는 것이 아니라
당신이 침묵한 것이 아니라
내가 귀를 닫은 것이었구나
　　　　　　　　　　　－「귀」 전문

　몸의 긴장뿐만 아니라 세상을 향한 모든 감각조차 무장해제한 채
의사가 시키는 대로 하는 시적 화자는 마음이 먹먹해진다. 열심히 앞
만 보고 살아온 것에 굳이 자화자찬할 필요는 없지만 칭찬 받을 만하
다. 하나 예전 같지 않게 몸 여기저기가 어긋난 것을 확인한다는 것
은 슬픈 일이다. 특히 인체의 가장 중요한 부분 중 하나인 '귀'가 '아무
소리도 들리지 않게 되었다는 것은 세상의 일부가 닫혀버린 것과 같
다. 화자는 울상이다. 그리고 슬쩍 주변을 돌아본다. '그 동안 사자 호
통, 호랑이 외침만 듣고 살다가/토끼의 말, 다람쥐 하소연, 귀 막고 살
다가/이렇게 되었구나'하며 변명을 해본다. 이전의 '나'와 지금의 '나'
의 차이점을 애써 변명을 해봐야 위축될 뿐이다. 남의 탓이라고 외쳐
보지만 결국은 '당신이 침묵한 것이 아니라/내가 귀를 닫은 것'이라는
것을 알아차린다. 존재론적 자아성찰의 요구를 화자는 받아들인 것
이다.

　　사냥꾼이 총을 겨누고 독수리를 노려본다

　　독수리는 독수리 같은 눈으로 뱀을 노려본다

뱀은 뱀눈을 뜨고 개구리를 노려본다

개구리는 툭 튀어나온 눈으로 무당벌레를 노려본다

눈에 보이지 않는 눈이

저를 노려보고 있는 줄도 모르고
-「눈」전문

앞의 시가 '귀'를 다루었다면 이번엔 '눈'이다. 듣고 보는 행위가 전제되는 삶의 가장 기본적 덕목에서 '눈'이 차지하는 비중을 군이 따질 것은 없지만 존재를 존재이게 하는 가시적 거리를 확인할 수 있는 중요한 부위이다. 귀와 눈의 관계는 아주 밀접해서 마치 쌍둥이처럼 닮았다. 한쪽 세상을 다른 쪽 세상이 대신할 수 있는 상호보완적 관계에 놓여 있다. 이 시는 앞의 추격전의 시편들과 흡사한 양상을 보인다. '노려본다'는 타동사의 강한 어투의 시어는 생존을 위한 창과 방패로 작동한다. 여기서도 역시 보이는 '눈'과 보이지 않는 '눈'의 관계를 마지막에 배치함으로써 스스로를 돌아보는 힘을 표현하고 있다할 것이다.

누가 물었다 입이 몇 개냐고, 입이 몇 개긴 별 싱거운 사람, 그랬는데 몇 날 밤 잠을 설쳤다.

그래 무엇이든 드시는 문은 다 입이지. 공기를 끌어들이면 코도 입이고, 소리를 받아들이면 귀도 입이다. 저 길과 나무 산과 강과 바다와 저녁놀 맛있게 받아 드시는 눈도 입이지. 네 손을 잡으면 내 손은 순간 입이 되고, 동산 언덕에 오르면 온몸이 수천수만의 창문을 열고 바람 머금은 입이 된다. 잠 못 드는 밤, 하늘 바라보다가 머리가 입이 되고, 그렇게 한껏 열리면 온몸이 별들을 머금은 입들로 울먹이기도 한다.

　　그래, 그리고 보니 세상 모든 살아 있는 것은 모두 입이다.
　　　　　　　　　　　　　　　　　　　　　　　　—「입」 전문

　시인은 '입'을 매우 극대화시켜놓았다. 정작 입은 한 개인데 한정된 그 역할을 넘어 화자의 내면으로 끌어들이는 모든 지체를 다 '입'으로 환치시켜놓았다. 생존을 위한 밥과 대상과의 의사소통의 기능적 역할뿐만 아니라 존재론적인 나의 실체를 위한 것이라면 코, 눈, 손, 머리, 온몸 모두 다 '입'의 역할을 한다고 보고 있다. 화자를 둘러싸고 있는, 화자의 내면으로 스며든 풍경의 감각적 요소를 '입'에 비유하고 있는 발상은 매우 재미있다. 그 이면에 깔려있는 성찰적 요소와 만나면서 마음먹기에 따라 하기에 따라 입은 얼마든지 나를 나이게 하는 데 큰 역할을 할 수 있음을 파악한다. '그래, 그리고 보니 세상 모든 살아 있는 것은 모두 입'이라는 깨달음이 이를 뒷받침한다는 것을 알 수 있다.

　시집 제목이 『귀·눈·입·코』인데
　아무리 찾아보아서도 「코」란 시는 없을 겁니다

듣고 보고 먹고 싸고 새끼 낳고…
산다는 게 뭐 다 그런 거 아닐까 싶은데
냄새란 것이 본시 보이지도 않고 들리지도 않고
그야말로 그저 냄새만 풍기는 거 아니던가요
더군다나 요즘 같은 세상에
성형외과에 돈 바치고 오똑 세운 여자라면 몰라도
납작해진 코 보이기나 하던가요
하물며, 읽지도 않는 시를 겨우 적은 시집에
코가 있을 리가 있나요
뭐, 그런 생각을 했습니다

　　　　　　　　　　　　　　―「코가 없다」 전문

　독자를 배려하는 시인, 굳이 배려해야 한다고 생각하는 시인은 시
집 제목이 마음에 걸렸나보다. 『귀·눈·입·코』라는 다소 독특한
시집 제목이 말해주듯 인체를 소재로 자기만의 독백체의 발화를 하
고 싶은 것이리라. 다소 의도적으로 썼을 이 시를 통해 '코'의 역할
이란 '냄새'만 맡는 정도일 텐데 하며 의미 축소를 한다. 그러나 다음
순간 이 시대의 사회구조의 병리 현상에 일침을 가한다. 성형수술을
통해 코의 높이를 바꿀 수는 있지만 정작 시인의 존재를 증명할 그 무
엇도 없음에 의기소침해진 것이다. '납작해진 코 보이기나 하던가요'
의 이야기 구조의 자조적 진술을 던지는 화자의 현실은 열심히 앞만
보고 살아온 것은 현실에서 '코'의 높이까지 낮추며 살아온 것이 그다
지 잘 산 것은 아니라는 반성적 의미를 이끌어낸다. 하지만 나직하나
강렬한 어투를 가진 이 시의 표면적 색채는 아직은 꿈과 희망이 이 시

대와 현실을 지배하고 있다는 것을 말하고 싶은 것이다.

　스륵! 손가락을 베었다. 다른 손가락들이 번개같이 달려와 누르고 감싸고 어루만지고 혀는 상처 부위를 빨아내고, 입술은 호호 불어주고, 눈은 눈물이 그렁그렁하다

　몸나라에서는 왼팔이 오른팔과 싸우는 일 같은 것은 없다 서로 따돌리거나 무시하는 법도 없다 발이 더러우면 손이 닦아준다 벌이 날아와 쏘려고 하면 팔이 멀리 쫓아버린다 손끝에 작은 가시라도 박히면 온몸이 함께 아파하고, 발바닥만 살짝 간지럽혀도 온몸이 함께 웃는다 무거운 몸을 업고 발은 낙타처럼 사막을 건넌다 입은 먹는 걸 좋아하지만 자신만을 위해 먹는 법이 결코 없다 보는 건 눈인데 웃는 건 입이다 듣는 건 귄데 눈물은 눈이 흘린다

　멀리 다른 데서 천국을 찾지 마라, 몸이 바로 천국이다
　　　　　　　　　　　　　　　　　―「몸」 전문

'귀·눈·입·코'의 총화인 '몸'은 존재 그 자체이다. 출발지이며 삶의 최종 기착지이다. 생명, 정신이 깃들어 있고 삶을 구성하는 모든 것을 담고 있는 육체, 아마도 시인이 궁극적으로 도달해야 할 질문과 답의 공간이며 시간일 것이다. 이 세상에서 산다는 것은 이 세상을 잘 살아내는 일이다. 잘 살아내는 일의 중심에 서 있는 행복이라는 단어는 숙명적이다. 태어나면서 죽을 때까지 의무처럼 끌어안아 갈고 닦기를 평생토록 하지 않으면 안 된다. 타자에게 인정받는 행복이란 눈

에 보일 수도 안 보일 수도 있다. 일정한 잣대가 있는 것도 아니다. 하지만 스스로는 알고 있다. 잘 사는 것은 행복한 일이라는 것을. 행복해야 한다는 누구에게나 주어진 운명의 고리에 우리의 몸은 거부할 수 없다. 형식과 방법에 따라 다소의 차이가 있을 뿐이다.

임문혁의 『귀·눈·입·코』 시편들은 그간 시인이 추구한 시적 방향성이 멀리 추상적인 데 머물지 않는다는 것을 선명하게 보여준다. 여기서 미처 다루지 못한 작품들 역시 그러하다. 시적 대상들은 가까이, 아주 가까이, 삶의 한 가운데 있다. 자신을 둘러싸고 있는 일상, 일상 속의 자신을 탐구하며 끊임없는 대화를 통해 이루어진다. 손을 뻗으면 한 발 멀리 있다할 지라도 언제라도 내 안으로 불러들일 줄 안다. 존재론적인 내면의 영역에 끌어들인 대상을 오래 관찰하고 탐구하며 때론 성찰적 특징을 보이기도 한다. 때론 천진한 아이 같고, 때론 능청스럽게 발톱을 아무렇지 않게 내보이는 시인의 철저성은 '틈'과 '거리'에 자리하고 있다. 시인이 서 있는 공간 역시 역설적이게도 틈이다. 시인의 말에서 그것을 확인한다. '틈이 있다, 우주도, 사물과 사물도 시간과 공간도, 마음과 마음에도 틈이 있다… 그 오랜 틈, 내 가난한 말씀으로 메울 수 있을까, 조금'이라는 소리 없는 아우성을 앞으로 더 기대해도 좋을 것 같다.

시와소금 시인선 · 039

귀·눈·입·코

ⓒ임문혁, 2016, printed in Seoul, Korea

1판 1쇄 발행 2016년 1월 20일
지은이 임문혁
펴낸이 임세한
디자인 유재미 정지은
펴낸곳 시와소금
등록번호 제424호
등록일자 2014년 1월 28일
발행 강원도 춘천시 충혼길20번길 4, 1층 200-938
편집 서울시 송파구 백제고분로45길 15, 302호
전화 (02)766-1195, 010-5211-1195
이메일 sisogum@hanmail.net

ISBN 979-11-86550-11-3 03810

값 9,000원